Flávia Moraes e Michele Troglio

Atlas das Competências Socioemocionais

Ilustrações
Luana Ruffolo Mucci

Atlas das Competências Socioemocionais

Prefácio

O convite para prefaciar uma obra é sempre um chamado deveras honroso e, para nós, se assemelha muito a sermos convidados para apadrinhar o filho de alguém. Sermos padrinhos significa cuidar, suprir, proteger e amar quem a nós está sendo entregue em plena confiança, por isso a honra e a responsabilidade que sentimos quando Michele e Flávia nos "entregam" de coração mais um de seus filhos, Omnus.

A concepção de Omnus começa com a longa trajetória que as autoras percorreram para se tornar educadoras socioemocionais, temos a sensação de que elas atravessaram planícies, florestas, lagoas, cordilheiras e desertos em busca de algo que lhes desse um sentido existencial, algo que tocasse não apenas os seus corações, mas também o coração das crianças, dos adolescentes e de suas famílias, a ponto de fazer a diferença em suas vidas, em suas emoções, em seus sentimentos e ações, algo que pudesse efetivamente, de alguma maneira, ser uma ferramenta que dá ao seu portador a chance de espalhar atos construtivos e ações transformadoras no mundo à sua volta.

A construção metafórica contida em Omnus é extremamente criativa e sofisticadamente elaborada. Somos grandes apreciadores de analogias e nada como uma boa metáfora para nos fazer entender e sentir, tocar nossos corações bem de pertinho, aquilo que os complexos e sisudos tratados sequer conseguem chegar perto. Com Omnus é assim, um grande ato imaginativo que nos permite viajar pelo roteiro criativamente construído por Michele e Flávia.

É neste mundo imaginário e geográfico de Omnus, na sua topologia a ser desbravada, que encontramos os fundamentais conceitos de uma educação voltada para as emoções. Nesta terra imaginária encontramos os desafios de lidar com as nossas emoções, com o autoconhecimento, com a empatia, com o gerenciamento, a manutenção e a conquista das amizades, com a resolução dos conflitos inerentes aos relacionamentos, com a doçura, o cuidado e Simpatia, o bom humor revigorante, com as asperezas e adversidades, com a coragem do empreender, de arriscar e liderar, de ser compassivo, altruísta, enfrentando as arrogâncias dos outros e as nossas, mas, sobretudo, exercitando a nossa criatividade para driblarmos o que necessita ser regulado e mantermos aquilo que nos faz especial.

Assim é Omnus, um lugar imaginário, mas tão verdadeiramente real, um lugar de fantasia, mas, sobretudo, da verdade, um lugar de conflitos, mas que visa as soluções e, parafraseando as criativas autoras, "Omnus pode soar como um lugar distante, mas, na verdade, Omnus é logo ali".

Prepare suas vestes, suas mochilas, seus suprimentos, sobretudo os emocionais, abra sua mente e seu coração e desembarque em Omnus para seu deleite, faça essa jornada transformadora e necessária, faça a conexão consigo mesmo, sintonize seu *wi-fi* nos outros, o mundo carente de ações empáticas só tem a agradecer. Obrigado Omnus, obrigado Michele e Flávia, por nos mostrarem no mapa onde ele fica! Saibamos que não nos basta viver bem, necessitamos fazer o bem, atos assim como Omnus transformam o mundo. Acreditamos que quem em Omnus desembarca nunca mais de lá volta.

Renato M. Caminha
Marina G. Caminha

Psicólogos, criadores do programa TRI, Terapia de Regulação Infantil, nas modalidades clínicas e preventivas, Diretores do InTCC Brasil.as.

Agradecemos a todos os viajantes que percorreram conosco tantos caminhos que nos levaram a Omnus. Nossos filhos, familiares, amigos e, agora, vocês leitores, também fazem parte dessa jornada. Somos imensamente gratas por isso!

Esperamos que Omnus possa ser um presente para sua vida e para a vida das pessoas que os cercam, assim como tem sido para as nossas.

Michele e Flávia

OMNUS
Atlas das Competências Socioemocionais

Presidente: Mauricio Sita
Vice-presidente: Alessandra Ksenhuck
Capa, projeto gráfico, diagramação e ilustrações: Luana Ruffolo Mucci
Revisão: Rodrigo Rainho
Diretora de projetos: Gleide Santos
Diretora executiva: Julyana Rosa
Diretor de marketing: Horacio Corral
Relacionamento com o cliente: Claudia Pires
Impressão: Impressul

Dados Internacionais de Catalogação na Publicação (CIP)
(eDOC BRASIL, Belo Horizonte/MG)

Moraes, Flávia.
M827o Omnus: atlas das competências socioemocionais / Flávia Moraes, Michele Troglio. – São Paulo, SP: Literare Books International, 2020.
21,5 x 28 cm.

ISBN 978-65-86939-53-8

1. Autodomínio. 2. Autorrealização. 3. Inteligência emocional. I.Troglio, Michele. II. Título.
CDD 158.1

Elaborado por Maurício Amormino Júnior – CRB6/2422

Literare Books International Ltda.
Rua Antônio Augusto Covello, 472 – Vila Mariana – São Paulo, SP. CEP: 01550-060.
Site: www.literarebooks.com.br E-mail: contato@literarebooks.com.br Fone: (0**11) 2659-0968

Templo do Altruísmo
Vale da Persistência
Pico do Empreendedorismo
Ponte da Coragem
Penhasco da Dúvida
Pântano da Arrogância
Gentileza
Simpatia
Cordilheira da Liderança
Arbustos de Adequação
Fenda da Depressão
Planície da Estabilidade Emocional
Vila da Cidadania
Serpente da Vaidade
Generosidade
Floresta da Empatia
Lagoa do Autoconhecimento
Amor-Próprio
Plantação de Vínculos
Rio da Mediação
Rio da Assertividade
Tornado de Ansiedade
Foco
Oásis da Resiliência
Deserto da Autonomia
Vírus do Egoísmo
Encontro das Palavras
Mar da Criatividade
Tempestades de Dificuldades
Pirâmide da Motivação
Pirâmide da Confiança
Rio das Palavras
Harmonia
Estética
Ovos do Pássaro da Harmonia
Vulcão da Paixão
Indagações
Correnteza de Hipóteses
Ondas de Curiosidades
Redemoinho de Teimosia
Vela de Flexibilidade
Abismo da Ignorância
Barco da Adaptabilidade
Ilha Lógica
Ilha Bela

Sobre as Autoras

Michele Troglio

Mãe da Rafaella e do Vitor e esposa do Cícero, família que a inspira e ilumina sua caminhada. Educadora Parental, Escritora, Palestrante, Advogada, Empresária e Gestora da DinamicArt. Apaixonada por educação e literatura, acredita no desenvolvimento das Habilidades Socioemocionais através da arte e da criatividade.

Flávia Moraes

Devoradora de livros, Escritora, Economista, Palestrante, Empresária e mãe de três - Joana, Tomas e Daniel - fontes incessantes de inspiração e amor. Atua nas escolas como especialista em inovação, promovendo a transformação das salas de aula a partir do uso de tecnologias e do desenvolvimento das competências do século XXI.

Omnus

Omnus pode soar como um lugar distante. Mas, na verdade, Omnus é logo ali. Todo mundo já esteve em Omnus. Várias vezes! Explorar Omnus é explorar um pouco de cada um de nós. Por isso, o percurso será sempre único.

Bem no meio de Omnus fica a Planície Central da Estabilidade Emocional. Lá, encontramos a Lagoa do Autoconhecimento, que faz conexão entre toda a Omnus. Nessa região, aparentemente estável, o viajante deverá ter cuidado com os Tornados de Ansiedade e com os Terremotos causados pela Fenda da Depressão. Esses fenômenos naturais são imprevisíveis e podem causar estragos de grandes proporções.

Veremos na Floresta da Empatia valores e princípios éticos norteadores da boa convivência social, como mediar conflitos, ser assertivo, cultivar Vínculos, alimentar boas amizades, colher Gentilezas, se proteger de Piadas de Mau Gosto, exterminar a Fofoca e zelar pela Simpatia e pelo bom humor.

No alto da Cordilheira da Liderança, conheceremos um povo que tem um coração enorme, capaz de ajudar muitos Amigos, graças à Calma e à Paciência. São os Altruístas. Aprenderemos também sobre a árdua caminhada daqueles que querem alcançar o ponto mais alto de Omnus: o Pico do Empreendedorismo. O explorador deverá cruzar o Vale da Persistência, desviar do Pântano da Arrogância e enfrentar o Penhasco da Dúvida. Para tanto, precisará de Garra, das Botas de Humildade e, para não se perder pelo caminho, do G.P.S. (Grande Propósito Singular).

No Deserto da Autonomia, teremos a oportunidade de conhecer o Oásis da Resiliência. Para chegar lá, existem desafios. O viajante terá que encarar Tempestades de Dificuldades, tendo a ajuda do único animal capaz de enfrentar as intempéries do deserto: o Foco. Ao se deparar com as Pirâmides do deserto, precisará estar atento para não ser contagiado pelo Vírus do Egoísmo, que quase dizimou os povos ancestrais dos Amigos há dois mil anos. Para completar nossa viagem, navegaremos pelo Mar da Criatividade, entre as Ondas de Curiosidades e a Correnteza de Hipóteses, até chegar à Ilha Bela – onde vivem os Artistas – e à Ilha Lógica – onde moram os Cientistas.

Boa viagem!

Vila da Cidadania
Lagoa do Autoconhecimento
Rio da Mediação
Plantação de Vínculos
Rio da Assertividade
Encontro das Palavras
Rio das Palavras

Gentileza
Simpatia
Generosidade
Floresta da Empatia
N
O
L
S

Floresta da Empatia

A Floresta da Empatia está localizada na Bacia Hidrográfica da Comunicação e detém a maior biodiversidade de Omnus. Seus habitantes são chamados de Amigos. Eles plantam Vínculos, que é a principal atividade econômica da região. O clima é quente, úmido e muito alegre na maior parte do ano. Sua vegetação é densa e marcada por árvores imensas chamadas Generosidade.

O principal rio da região é o Rio das Palavras, cuja nascente fica na Lagoa do Autoconhecimento e a foz no Mar da Criatividade. Ele tem dois afluentes muito importantes: o Rio da Assertividade e o Rio da Mediação. No lugar onde se juntam, acontece um fenômeno que recebe o nome de Encontro das Palavras.

Antes de se encontrarem, as palavras do Rio da Assertividade podem apresentar uma acidez alta e tornar a comunicação excessivamente agressiva. Por sua vez, as palavras do Rio da Mediação assumem temperaturas muito baixas, congelando seu poder moderador e tornando a comunicação excessivamente passiva. Em razão dessa diferença de pH e temperatura, durante vários quilômetros as palavras desses rios não se misturam. Mas o tempo faz a acidez das palavras do Rio da Assertividade diminuir e a temperatura das palavras do Rio da Mediação aumentar, até que sejam uma coisa só, com o mesmo propósito de comunicar algo novo e significativo. É o momento em que deságuam no Mar da Criatividade.

Os Amigos moram dentro da Vila da Cidadania, localizada entre o Rio da Mediação e o Rio da Assertividade. No Rio da Mediação, eles conseguem pescar palavras para ajudá-los a resolver situações de conflito na Vila da Cidadania, pois é muito comum encontrar grupos de Amigos com opiniões diferentes. Há muitas gerações, descobriram que conversar é a melhor maneira de lidar com esse tipo de situação e que usar as palavras certas faz toda a diferença!

O Rio da Assertividade é um rio mais caudaloso e forma corredeiras, onde os Amigos mais radicais gostam de praticar canoagem. Nas corredeiras, as palavras são agitadas e formam redemoinhos. O Amigo que quiser aproveitar as aventuras das Corredeiras da Assertividade precisará ser muito firme e objetivo em suas colocações, caso contrário, sua canoa pode virar.

Todo o ecossistema da Floresta da Empatia depende do Ciclo das Palavras. Funciona como o ciclo da água. O calor do sol evapora as palavras do rio, que vão parar nas nuvens do céu. Um dia, vem uma frente fria que faz cócegas nas nuvens, causando precipitações de boas gargalhadas.

Os Amigos adoram contar piadas e dar boas gargalhadas! Mas, às vezes, acontece de ficar muito tempo sem chover e, de repente, cai uma Tempestade de Piadas de Mau Gosto. Isso é muito chato! Quando a brincadeira é demais, pode estragar os Vínculos, que ficam encharcados. Uma vez, já aconteceu de romper uma barragem terrível chamada *Bullying*, que soterrou a autoestima de alguns Amigos.

Para se protegerem das intempéries climáticas de Mau Gosto, os Amigos vivem em casas que são construídas de um material muito sólido, parecido com o tijolo, chamado Respeito. As casas construídas com Respeito são muito mais resistentes e conseguem manter seus moradores seguros, até mesmo quando há deslizamentos das Barragens de *Bullying*.

Na Vila da Cidadania, todos os habitantes são responsáveis por guardar o próprio lixo, preservar o meio ambiente e garantir o respeito à diversidade de cores, gostos e origens. A vila é autossustentável, isto é, consegue produzir uma quantidade de Vínculos suficiente para alimentar todos os moradores com amizades verdadeiras. Por conta disso, os Amigos nunca se sentem sozinhos.

Um dos segredos dos Amigos para conseguirem produzir Vínculos em quantidade suficiente para alimentar todos os habitantes é o fertilizante natural chamado Sinceridade. Certa vez, muitos anos atrás, as Plantações de Vínculos foram atacadas por uma praga terrível chamada Fofoca. Mas, desde que os Amigos passaram a enriquecer o solo de suas plantações com jatos de Sinceridade, a Fofoca nunca mais estragou o frescor dos Vínculos.

A vegetação típica da região é composta pelas gigantescas Árvores de Generosidade. Elas podem atingir mais de 100 metros de altura e mais de 10 metros de diâmetro. Seus frutos deliciosos são chamados de Gentileza. Eles são ricos em vitaminas A, M, O e R. São ótimos antioxidantes, que ajudam a prevenir doenças degenerativas como o Mau Humor, o Egoísmo e a Indiferença.

As Árvores de Generosidade são o habitat natural do animalzinho mais querido da floresta: a Simpatia.
Os filhotes de Simpatia se parecem bastante com os filhotes de macacos.
São brincalhões e adoram rir.
São também os animais mais inteligentes de Omnus.
Sabem que quem ri é mais feliz e vive muito melhor!

Vozes de Omnus

1. A assertividade nos permite defender nossas ideias com firmeza e clareza. Mas é preciso tomar cuidado para que as palavras de assertividade não se transformem em palavras agressivas. Você consegue identificar situações em que suas palavras e atitudes foram assertivas e situações em que foram agressivas?

2. Em momentos de conflito, saber usar as palavras certas faz toda a diferença. Mediar conflitos entre amigos pode ser desafiador, principalmente quando gostamos das duas partes. Você já esteve nessa situação? Como você agiu?

3. Vínculos nutrem amizades verdadeiras. A Fofoca representa um dos maiores perigos para as Plantações de Vínculos. Entre você e seus amigos, alguma Fofoca ou desentendimento já destruiu os Vínculos de amizade?

4. Tempestades de Piadas de Mau Gosto podem provocar deslizamentos das Barragens de *Bullying* e soterrar a autoestima das pessoas. Você já testemunhou um deslizamento assim? O que você fez para escapar disso ou para salvar um amigo?

____
____
____
____
____.

5. O bichinho da Simpatia é muito inteligente, sabe que é feliz quem ri mais. Sua principal fonte de energia é a Fruta da Gentileza, encontrada na Árvore de Generosidade, rica em vitaminas A, M, O e R. Você gosta de colher Gentileza? No cotidiano, você toma atitudes gentis? Quais?

____
____
____
____
____.

Cordilheira da Liderança

Pico do Empreendedorismo
Ponte da Coragem
Penhasco da Dúvida
Pântano da Arrogância
Serpente da vaidade
Plantação de Vínculos

Cordilheira da Liderança

A Cordilheira da Liderança encontra-se ao norte da Planície Central da Estabilidade Emocional e tem 7.000 km de extensão. Essa cadeia montanhosa é o lar de um dos povos mais antigos de Omnus: os Altruístas.

Os Altruístas vivem a uma altitude de 2,5 mil metros acima do nível do mar. Nessa altitude, o ar é rarefeito, o que significa que há pouco oxigênio e a respiração é difícil. Mas os Altruístas conseguem viver lá, mesmo assim, porque têm o coração maior e a artéria direita mais larga que os demais Amigos de Omnus, permitindo bombear para o resto do corpo a quantidade suficiente de oxigênio.

Por conta do seu coração protuberante, os Altruístas são conhecidos por se importarem com os outros. A base de sua alimentação é um grão parecido com arroz, chamado Paciência. Além disso, tomam um chá excelente para a digestão, chamado Calma.

Acredita-se que a Calma e a Paciência são o segredo para que os Altruístas consigam ser tão bons em ajudar uns aos outros. A Paciência permite que eles escutem por horas o problema de outro Amigo. A Calma possibilita que eles consigam pensar juntos nas melhores soluções.

O Pico do Empreendedorismo é o ponto mais alto da Cordilheira da Liderança. Lá, fica a nascente do Rio da Assertividade. No verão, quando a neve do Pico do Empreendedorismo derrete, o nível da água do rio aumenta e as palavras transbordam. Quando isso acontece, os Amigos param de ouvir os outros e querem impor suas opiniões de qualquer jeito.

Por conta desse fenômeno, alguns trechos do Rio da Assertividade formam áreas alagadas, conhecidas como Pântano da Arrogância. O pântano é muito traiçoeiro porque o viajante pode afundar em suas crenças infundadas e ser atacado pela Vaidade, uma serpente que pode chegar a 10 metros de comprimento. A Vaidade esmaga o senso crítico do sujeito e engole tudo de uma vez só.

A cada ano, dezenas de expedições partem em busca do sonho de chegar ao Pico do Empreendedorismo. Para alcançá-lo, porém, é preciso encarar o Vale da Persistência. Isso significa que o viajante deve primeiro descer um pouco abaixo do nível do mar, antes de começar sua escalada rumo ao topo.

Para cruzar o Vale da Persistência, os exploradores devem se manter longe das regiões alagadas do Pântano da Arrogância e usar as Botas de Humildade para aguentar a caminhada, que é muito longa e nem sempre fácil. A Garra também é uma grande companheira nessa jornada. Ela serve de apoio para os viajantes não desanimarem nos declives nem perderem o equilíbrio nas partes mais íngremes. A Garra funciona exatamente como pinos de escalada.

É relativamente comum os Amigos se perderem no seu percurso rumo ao Pico do Empreendedorismo. O fato é que são muitas as possibilidades de trajetórias e isso pode deixar os viajantes confusos. Para não perderem o senso de direção, existe o G.P.S.: Grande Propósito Singular. Aqueles que têm um propósito maior acabam sempre encontrando seu caminho, que é único! Existem três tipos de receptores de G.P.S., cada um sendo mais adequado para um tipo de propósito: profissional, pessoal e social.

À medida em que o viajante vai atingindo altitudes mais elevadas, o frio fica cada vez mais extremo. As temperaturas baixas podem deixar o viajante indiferente aos sentimentos e às necessidades dos outros. É muito grave quando isso acontece! Nesses casos, o sujeito pode congelar as pontas dos dedos e o coração, virando uma pessoa insensível e constantemente mal-humorada. Nos dias mais frios do ano, existe o risco de Avalanches de Grosserias, que esmagam a espontaneidade dos Amigos com críticas desnecessárias.

No trecho final do percurso, fica o Penhasco da Dúvida. Lá, existe um grande paredão rochoso que forma uma barreira para os pensamentos. Então, quando o viajante começa a pensar demais se deve ou não prosseguir, suas dúvidas se propagam em ondas até o paredão, onde elas batem e voltam, gerando o efeito sonoro que chamamos de Eco. Ecos de Dúvida, que o penhasco reverbera da mente insegura, podem levar o sujeito a cometer o maior erro de todos: desistir de seu sonho por medo de errar.

Silenciar os Ecos de Dúvida não é nada fácil. Para ajudar a travessia do penhasco, os Amigos construíram uma ponte. Ela parece frágil, pois é feita apenas de corda. No entanto, quando o viajante lembra de todos os desafios que teve de superar para chegar àquele ponto, percebe que a força para enfrentar o Penhasco da Dúvida não está na ponte, mas na atitude que vem do coração. Por isso, o nome dela é Ponte da Coragem.

Muitas vezes, é difícil encarar o Penhasco da Dúvida sozinho, mesmo podendo usar a ponte. Nesses casos, é preciso ter uma coragem ainda maior. Somente os mais corajosos têm a capacidade de saber pedir ajuda quando reconhecem que não dão conta de encarar sozinhos um desafio tão profundo. É nesse momento que os Vínculos semeados na Vila da Cidadania podem fazer toda a diferença. Só um Amigo verdadeiro conhece as experiências e a capacidade de superação do outro. Assim, é possível gerar Ecos de Confiança para reforçar a coragem de quem está a um passo de cruzar a ponte.

Vozes de Omnus

1. Os Altruístas são um tipo especial dentre os líderes. Eles têm um coração tão grande que se dispõem a ajudar os outros sem esperar nada em troca. Você conhece alguém que seja altruísta? Você acha que as pessoas nascem com essa característica ou podem aprendê-la ao longo da vida?

____

____

____

____

____

2. A Garra serve para não nos deixar perder o equilíbrio e cair. Para muitas pessoas, é mais difícil manter o equilíbrio quando estão subindo. Por exemplo, quando sabem a matéria toda da prova ou estão ganhando um jogo. A ansiedade de acertar tudo ou de ganhar a partida pode atrapalhar seu desempenho. Outros, perdem o equilíbrio mais facilmente quando estão descendo. Se não sabem uma questão da prova ou se estão atrás no placar, perdem a motivação. E para você, o que é mais difícil? Manter seu equilíbrio na subida ou na descida?

____

____

____

____

____.

3. O Pântano da Arrogância é formado por áreas alagadas do Rio da Assertividade, que transborda quando os Amigos deixam de ouvir os outros e passam a usar palavras agressivas. Lá, mora a Serpente da Vaidade, que engole o senso crítico dos viajantes. Você já viu alguém ser atacado pela vaidade e perder seu senso crítico? Conte o que aconteceu.

____

____

____

____

____

4. O frio extremo faz as pontas dos dedos e o coração congelarem. E ainda existe o risco de Avalanches de Grosserias. Você já teve que conviver com uma pessoa que tinha um coração congelado? Já se sentiu atingido por uma Avalanche de Grosserias que te esmagou com críticas desnecessárias? O que você fez?

____

____

____

____

____.

5. Os Ecos de Dúvida podem fazer os exploradores desistirem de sua jornada, mesmo tendo chegado tão longe, por causa do medo de errar. Lembrar das conquistas é a chave para conseguir atravessar a Ponte da Coragem e alcançar o Pico do Empreendedorismo. Quais foram as conquistas mais importantes na sua vida? Tinha alguém especial ao seu lado durante essas vitórias?

____

____

____

____

____.

Planície da Estabilidade Emocional

Planície da
Estabilidade
Emocional
Lagoa do
Autoconhecimento
Amor-
Próprio
Plantação de Vínculo

Planície da Estabilidade Emocional

A Planície da Estabilidade Emocional fica na região central de Omnus. Essa região não é tão úmida como a floresta, nem seca como o deserto. Da mesma forma, sua temperatura pouco se altera e seu clima é ameno o ano todo: nem quente, nem frio. Sua vegetação é caracterizada por arbustos, não apresentando vegetação rasteira, ou árvores muito altas. O nome dado a essas plantas típicas da Planície Central é Adequação. Elas são resistentes e mantêm suas folhas o ano todo, ao contrário de outras plantas que perdem suas folhas no outono e no inverno.

Nessa Planície, podemos encontrar a bela Lagoa do Autoconhecimento. O Amigo que visita suas águas calmas e transparentes tem a oportunidade de se ver melhor, com mais clareza. Alguns até se surpreendem quando se atrevem a mergulhar na lagoa e reconhecem qualidades novas em si. Na verdade, os Amigos, que costumam frequentar o local, acabam descobrindo o Amor-Próprio, uma força que cresce dentro de uma conchinha cintilante parecida com uma pérola. Quando o indivíduo a encontra, costuma cuidar dela com muito carinho e guardar num lugar especial para não correr o risco de perdê-la. Como uma joia rara!

Em sua superfície, a Planície da Estabilidade Emocional não apresenta nenhum risco aos visitantes. No seu centro, porém, existe a Fenda da Depressão. Pelo lado de fora, não podemos enxergar, mas ela está lá! Existe um movimento latente entre duas placas tectônicas que se chocam silenciosamente no interior da planície e, de repente, sem aviso prévio, faz a terra toda tremer. O tremor inesperado causa um mal-estar, uma vontade repentina de chorar, chorar e chorar. Muitas vezes, sem explicação. O Amigo pode ficar tão triste a ponto de já não saber onde colocou sua conchinha, local em que guardava com tanto carinho seu Amor-Próprio.

Outro fenômeno natural característico da região central de Omnus, capaz de destruir boa parte da flora e da fauna da Planície da Estabilidade Emocional, é o Tornado de Ansiedade. A diferença de pressão atmosférica – a alta pressão que faz a massa de ar descer e a baixa pressão que faz a massa de ar subir – provoca, de repente, um movimento em que aquela massa de ar invisível começa a rodar, rodar e rodar cada vez mais rápido, até que tudo fica de pernas para o ar. O Amigo que se encontra no meio do tornado começa a destruir tudo à sua volta porque não consegue suportar a frustração de perder o controle da situação. Nesse momento, as águas da Lagoa do Autoconhecimento ficam completamente turvas e nem as Plantas da Adequação conseguem resistir a tantos rompantes de raiva.

Um dos maiores desafios dos terremotos e dos tornados é o fato de serem imprevisíveis. Quando os ventos violentos dos Tornados de Ansiedade começam a soprar, não adianta tentar fugir. Não há mais tempo para correr. A mesma coisa acontece quando a terra começa a tremer.

Tudo o que se encontra na superfície corre o risco de desabar. Para lidar com essas questões, os Amigos aprenderam a se prevenir, construindo Abrigos Subterrâneos no quintal de suas casas.

Esses abrigos são construídos com Lembranças Felizes, que remetem a momentos e sensações agradáveis que compartilharam com as pessoas que amam. Um aprendizado importante foi guardar seu Amor-Próprio nos abrigos. A certeza de saber exatamente onde encontrarão seu maior tesouro sempre que precisarem traz conforto ao coração angustiado pelo medo de ver tudo o que construíram desabar repentinamente.

Recomenda-se, ainda, levar para os Abrigos pelo menos 10 litros de Gratidão. Assim, seu coração não vai correr o risco de desidratar, pois um coração desidratado não é capaz de reconhecer o amor.

Tornados e terremotos não acontecem uma vez só, por isso os habitantes de Omnus sabem a importância de manter seus Abrigos cheios de Lembranças Felizes e seus corações hidratados com muita Gratidão. Dessa forma, terão sempre a possibilidade de descer para o Abrigo, reencontrar seu Amor-Próprio e voltar à superfície mais fortes e preparados para reconstruir tudo o que foi destruído, quantas vezes forem necessárias.

Vozes de Omnus

1. A Lagoa do Autoconhecimento é um local de águas claras e transparentes, que proporcionam às pessoas enxergarem qualidades próprias que desconheciam. E você, o que enxerga quando mergulha na Lagoa do Autoconhecimento?

____

____

____

____

____.

2. Tornados de Ansiedade são altamente destrutivos. Você já se viu no meio de um Tornado de Ansiedade? Já teve vontade de quebrar tudo ao seu redor? Por quê?

____

____

____

____

____

3. A Fenda da Depressão é quase imperceptível e é responsável por terremotos imprevisíveis. Você já sentiu uma vontade incontrolável de chorar sem conseguir enxergar exatamente o motivo?

____

____

____

____

____.

4. A Gratidão mantém o coração hidratado e isso é muito importante, pois um coração desidratado não é capaz de reconhecer o amor. O que você acha que acontece com uma pessoa que não consegue mais reconhecer o amor?

____

____

____

____

____.

5. Para aqueles que já encontraram seu Amor-Próprio, é altamente aconselhável guardá-lo no Abrigo para não correrem o risco de perdê-lo em meio a Tornados de Ansiedade ou Terremotos da Depressão. Lembranças Felizes também podem ser bastante úteis. Quais são suas lembranças mais felizes que não podem faltar em seu abrigo?

____

____

____

____

____.

Amor-Próprio

Tempestades
de Dificuldades

Deserto da Autonomia

Lagoa do Autoconhecimento
Rio da Mediação
Foco
Deserto da Autonomia
Vírus do Egoísmo
Pirâmide da Motivação
Pirâmide da Confiança
Rio das Palavras

Deserto da Autonomia

O Deserto da Autonomia é um dos lugares mais fascinantes de Omnus. Situado ao sul da Planície da Estabilidade Emocional, guarda grandes mistérios. Quem quiser conhecê-los vai precisar de alguns instrumentos importantes de viagem. O primeiro deles é chamado Organização. Esse instrumento foi criado para que o viajante consiga encontrar tudo o que precisa ao longo da viagem, por exemplo, cantil, mantimentos, bússola. O segundo instrumento de viagem é o Planejamento. Este, por sua vez, permitirá que o viajante saiba quantos quilômetros precisará andar por dia até chegar ao seu destino, quantos dias de viagem de ida e volta e a quantidade de água e comida a ser levada para cada dia de viagem.

Cruzar o deserto não é fácil! Todo mundo sabe que não existe água nem comida pelo caminho. Por isso, todo Amigo deve levar em sua bagagem Organização e Planejamento. Além disso, o viajante deverá buscar o único animal de Omnus capaz de passar vários dias no deserto sem comida nem bebida. O nome dele é Foco. Quem consegue encontrar o Foco, tem muito mais chances de conseguir vencer os percalços que o Deserto da Autonomia impõe pelo caminho. Em particular, o Foco será muito importante para vencer as Tempestades de Dificuldades. Exatamente! Como grãos de areia, as dificuldades fazem parte do caminho daqueles que querem conquistar a Autonomia.

Todo viajante que se atreve a explorar as dificuldades do Deserto da Autonomia está, na verdade, em busca do mais belo oásis do deserto, chamado Resiliência. Quem consegue chegar ao Oásis da Resiliência encontra uma enorme capacidade de enfrentar desafios. E o mais importante: descobre que errar faz parte do processo de crescimento, pois é através dos erros que se ganha experiência e se aprende a ser mais forte. Para chegar nesse belo destino de Omnus, o viajante deverá passar por duas grandes pirâmides: a Pirâmide da Confiança e a Pirâmide da Motivação. Elas foram construídas por povos ancestrais dos Amigos que hoje habitam a Floresta da Empatia.

Manuscritos antigos encontrados no interior das pirâmides sugerem que, depois que os ancestrais dos Amigos venceram as Tempestades de Dificuldades e conquistaram a Autonomia, foram infectados pelo Vírus do Egoísmo, que quase dizimou toda a população. Os sobreviventes caminharam rumo ao norte até chegar à Lagoa do Autoconhecimento, onde puderam se descobrir em suas águas claras e encontrar seu Amor-Próprio. Foi, então, que seguindo o curso do Rio das Palavras, chegaram à Floresta da Empatia. Aprenderam a dominar a palavra, colher Gentileza e plantar Vínculos em suas terras férteis de boas palavras e muitas gargalhadas. Com o tempo, ergueram Muros de Respeito, o material mais sólido e seguro contra qualquer intempérie climática. Deram, assim, o início a uma nova era, baseada no diálogo e no respeito.

Vozes de Omnus

1. O Foco é o único animal capaz de atravessar o Deserto da Autonomia, porque consegue ficar vários dias sem comer e sem beber. Você consegue manter o foco em seus objetivos? Quais são seus maiores desafios para conseguir manter o foco e não se desviar de seu caminho?

2. Sem Organização e Planejamento é difícil dominar as dificuldades do Deserto da Autonomia. Você consegue elaborar um plano de ação e organizar o seu tempo de estudo ou trabalho com antecedência? Ou só consegue, por exemplo, estudar na véspera de uma avaliação? Se tivesse mais organização e planejamento, que outras áreas de sua vida seriam beneficiadas?

3. A construção das Pirâmides da Confiança e da Motivação foi um processo importante para enfrentar as Tempestades de Dificuldades. Que qualidades você reconhece em si próprio que compõem a sua confiança?

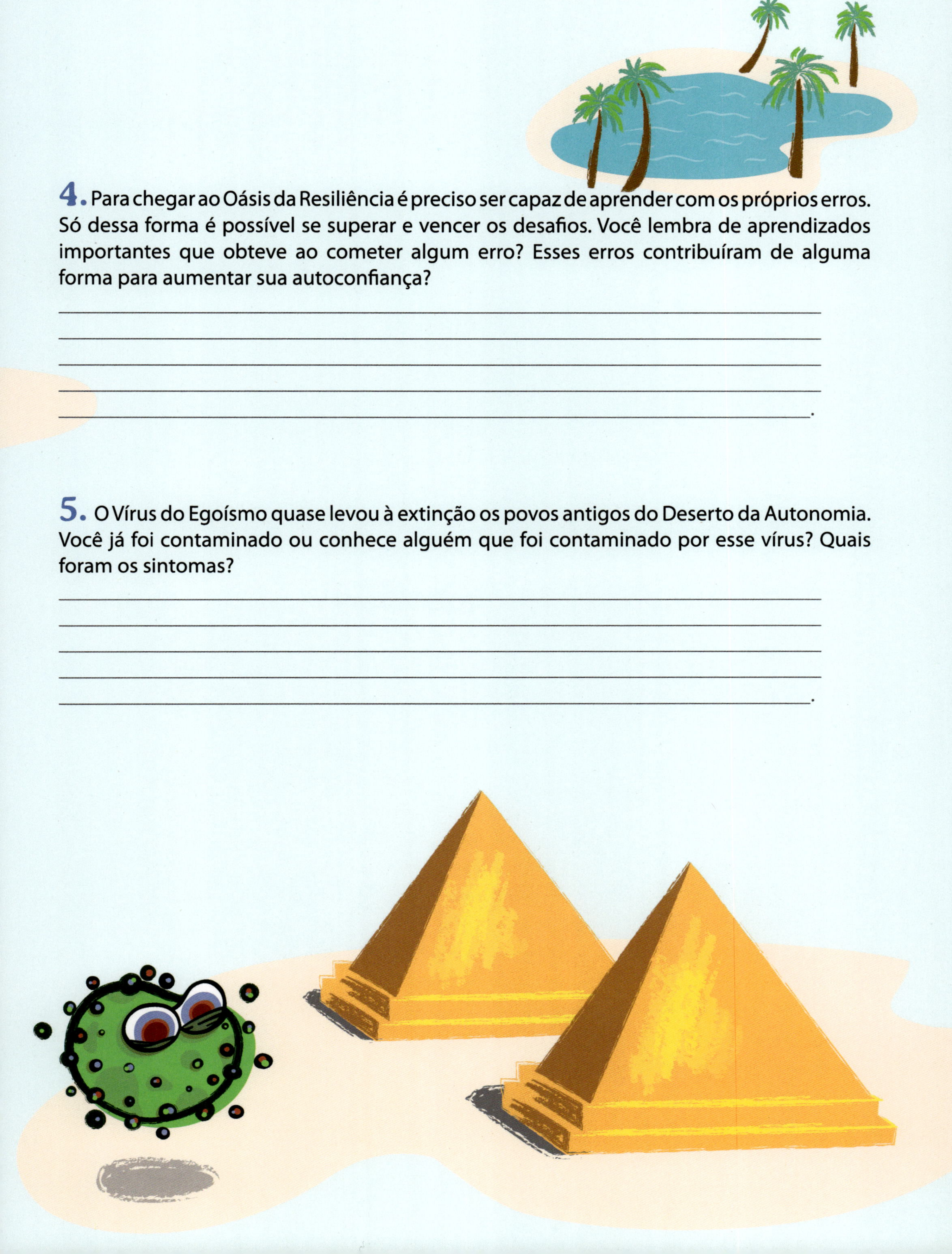

4. Para chegar ao Oásis da Resiliência é preciso ser capaz de aprender com os próprios erros. Só dessa forma é possível se superar e vencer os desafios. Você lembra de aprendizados importantes que obteve ao cometer algum erro? Esses erros contribuíram de alguma forma para aumentar sua autoconfiança?

____
____
____
____
____.

5. O Vírus do Egoísmo quase levou à extinção os povos antigos do Deserto da Autonomia. Você já foi contaminado ou conhece alguém que foi contaminado por esse vírus? Quais foram os sintomas?

____
____
____
____
____.

Mar da Criatividade
N
O
L
S
Mar da Criatividade
Indagações
Correnteza de Hipóteses
Redemoinho de Teimosia
Abismo da Ignorância
Ilha Lógica

Harmonia
Estética
Ovos do Pássaro da Harmonia
Vulcão da Paixão
Ondas de Curiosidades
Vela de Flexibilidade
Barco da Adaptabilidade
Ilha Bela

Mar da Criatividade

O Mar da Criatividade, onde deságua o Rio das Palavras, é muito volátil. Está em constante movimento por conta das Ondas de Curiosidades. A principal corrente marítima é a Correnteza de Hipóteses. Ela é a maior responsável por levar as Indagações até a Ilha Lógica. As Indagações são como águas-vivas, seres transparentes que vivem flutuando pelos oceanos. A Ilha Lógica é uma ilha muito diferente, seu terreno é todo quadriculado e lá vivem uns bichinhos esquisitos, chamados de Equação. Esses bichinhos podem ser de vários graus – primeiro, segundo, terceiro ou mais – e sua comida favorita são as variáveis x e y. Os Amigos que moram na Ilha Lógica são denominados Cientistas.

A mais bela das ilhas do Mar da Criatividade se chama Ilha Bela, onde vivem os Artistas. Eles adoram tomar Suco de Poesia e comer o prato típico da região, o Balé. Lá, vivem dois pássaros belíssimos que voam livres por Omnus, encantando a todos com os tons de suas penas e o som do seu canto. Os nomes deles são Estética e Harmonia. Por pouco, eles não entraram em extinção. Contrabandistas gananciosos roubavam os ovos dos pássaros para depois vender os filhotes. Mas, graças aos alunos da Vila da Cidadania, ninguém mais compra os filhotes de Estética e Harmonia. Os alunos também fizeram uma campanha, conscientizando a população para evitar a extinção da maior fonte de inspiração da música, da dança e das artes plásticas.

Entre a Ilha Bela e a Ilha Lógica tem um lugar muito profundo, chamado Abismo da Ignorância. Em razão desse local, existe a formação de Redemoinhos de Teimosia que não deixam as pessoas saírem do lugar e, ainda por cima, as puxam para o fundo do mar. Para enfrentarem o Abismo da Ignorância e os Redemoinhos de Teimosia, os Amigos construíram um barco especial chamado Adaptabilidade. É um barco a vela feito de um material que recebe o nome de Flexibilidade. A Flexibilidade usa a força do Vento da Mudança a seu favor para facilitar o deslocamento do Barco da Adaptabilidade entre a Ilha Bela e a Ilha Lógica. Quando ele cai no Redemoinho de Teimosia, os Amigos ligam o Motor da Abertura ao Novo em potência máxima. Dessa forma, não serão puxados pelo Abismo da Ignorância e conseguirão seguir adiante.

As duas ilhas são vulcânicas. Na Ilha Lógica, temos o Vulcão da Tecnologia, que é muito importante para trazer à tona o principal elemento de progresso em Omnus: a Inovação. A cada erupção efusiva, uma nova ideia disruptiva. As erupções efusivas são assim: elas expelem do subsolo as Inovações em seu estado ainda líquido. Depois que resfriam, os Cientistas conseguem transformá-las em algo concreto que vai mudar completamente o modo de produção. A primeira grande Inovação do Vulcão da Tecnologia foi o fogo. Depois que os ancestrais dos Cientistas descobriram como produzir fogo, o modo de fazer as coisas mudou para sempre.

Na Ilha Bela, temos o Vulcão da Paixão. Quando ele entra em erupção, libera gases que formam uma névoa conhecida como *Fog* da Imaginação. No início, o *Fog* da Imaginação deixa a mente turva. É difícil enxergar a realidade. Mas, quando o *fog* passa e é possível ver novamente as aves de Estética e da Harmonia cruzando os céus, os Artistas estão preparados para dar início ao seu processo de criação. Dança, música, pintura, poesia ou escultura. Não importa. Mais um movimento aparece para introduzir novos conceitos estéticos e revolucionar todas as formas de expressão artística. Padrões de comportamento, modo de falar, de se relacionar e de se vestir também serão desafiados a mudar.

O Vulcão da Paixão tem esse poder transformador de inspirar Artistas com seu *Fog* da Imaginação. Além disso, a Paixão é extremamente contagiante. Ela causa uma sensação agradável de euforia e bem-estar, que dá uma vontade irresistível de querer mais daquilo que se é apaixonado. Mas não é todo mundo que sabe lidar com a frustração de não poder ter mais daquele seu objeto de desejo. Quando isso acontece, o vulcão pode ter erupções explosivas que expelem pedras gigantes e incandescentes de Ciúme.

O Ciúme pode queimar as pessoas atingidas e causar marcas que ficam para sempre na pele e no coração. Certa vez, foi responsável também por causar o pior desastre natural da história de Omnus: destruiu toda a beleza da Ilha Bela com suas pedras gigantes. Porque o Ciúme é horroroso! E teve uma consequência pior ainda, no meio dessa explosão sem precedentes, algumas pedras enormes caíram ao mar formando Ondas Gigantes de Raiva, conhecidas também como Tsunami de Violência. Essas ondas se propagaram a uma velocidade surpreendentemente rápida, atingindo em cheio a Ilha Lógica, sem dar tempo aos Cientistas de qualquer reação. O Tsunami de Violência destruiu toda a inteligência da Ilha Lógica. Porque a violência, acima de tudo, é burra!

Naquele momento, um sentimento de tristeza e vazio tomou conta de Omnus. Mas depois que o surto de violência, raiva e ciúme passou, seus habitantes perceberam que, apesar de tudo, a brisa fresca do Mar da Criatividade continuava a soprar. O nome dessa brisa é Esperança. Foi ela que resfriou as pedras incandescentes e as transformou em um material que pode ser usado de diversas formas: quando encontrado pelos Artistas, foi usado para esculpir uma das mais exuberantes esculturas da Ilha Bela. Por sua vez, os Cientistas da Ilha Lógica o usaram para criar um instrumento de medir o tempo. Finalmente, os Amigos da Vila da Cidadania fizeram um mutirão e ergueram muros de contenção com esse material para proteger os rios, a fauna e a flora da Floresta da Empatia dos deslizamentos das Barragens de *Bullying*.

Isso tudo já faz muito tempo. Os habitantes de Omnus, porém, nunca mais esqueceram esta lição:

Enquanto a Brisa da Esperança soprar, haverá sempre a possibilidade de recomeçar. Com a força da amizade e da criatividade, é possível construir algo novo, desde que nunca paremos de aprender e de acreditar!

Vozes de Omnus

1. As Ondas de Curiosidades não deixam ninguém ficar parado no mesmo lugar. Até onde sua curiosidade o levou? Que interessantes descobertas você fez?

____

____

____

____

____

2. O Mar da Criatividade banha a Ilha Bela e a Ilha Lógica. No seu momento criativo, quais dessas ilhas você costuma frequentar mais?

____

____

____

____

____.

Ilha Lógica

3. A Flexibilidade usa o Vento da Mudança a seu favor para navegar pelo Mar da Criatividade e desviar dos Redemoinhos de Teimosia. Você consegue lembrar de momentos em que o Vento da Mudança soprou na sua vida? Como reagiu?

____

____

____

____

____.

4. A Paixão provoca sensações agradáveis. Pode ser pela companhia de alguém especial, por vibrar diante de um jogo eletrônico ou diante de uma caixa de chocolates. Mas a Paixão pode provocar reações explosivas e disparar pedras incandescentes de Ciúme, causando feridas que deixam marcas profundas na pele e no coração. Você já foi atingido pelo ciúme ou conhece alguém que já foi atingido?

____

____

____

____

____.

5. Quando a Brisa da Esperança soprou, os habitantes de Omnus perceberam que havia uma possibilidade de recomeço. Desse modo, os Artistas transformaram as Pedras de Ciúmes em escultura. Os Cientistas construíram um instrumento e os Amigos ergueram muros de contenção para se proteger das Barragens de *Bullying*. Em que momentos a Brisa da Esperança trouxe oportunidade de transformação e de recomeços em sua vida?

____

____

____

____

____.

Ilha Bela

$2x + 4 = 8$
$x^3 + 2x^2 + 3x - 2 = 0$
$5x^2 - 3x - 2 = 0$

Este livro foi impresso pela Gráfica Impressul em outubro de 2020
nas tipologias Averia Serif e Myriad Pro.